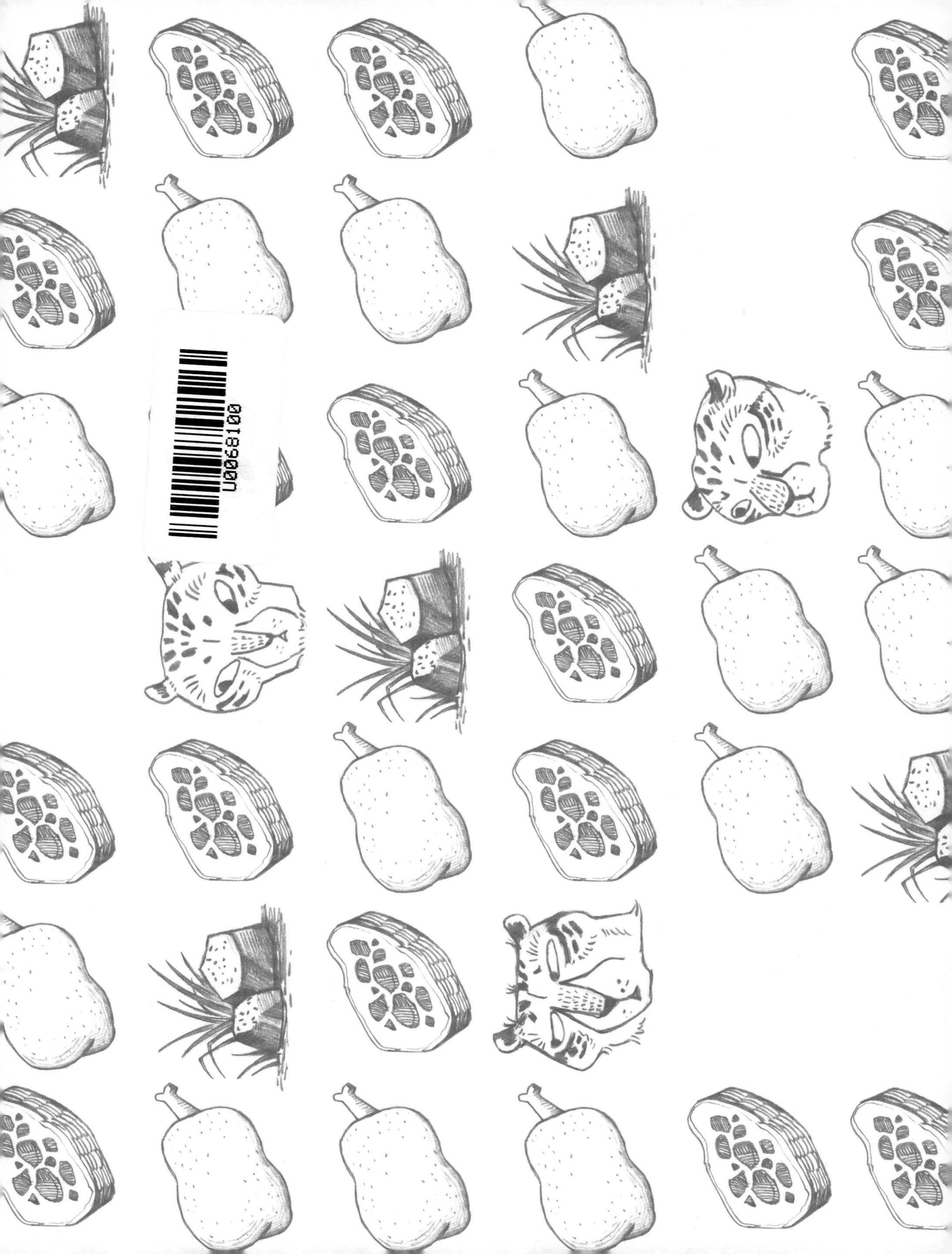
U0068100

獻給 —— 小螞蟻 & 小豆芽

希望你們最不平凡地方，幫助你們成為非凡的人

繪本 0262

57號小豹

文｜郭瀞婷　　圖｜傅馨逸

責任編輯｜陳毓書　　美術設計｜黃育蘋　　行銷企劃｜陳詩茵

天下雜誌群創辦人｜殷允芃　　董事長兼執行長｜何琦瑜

媒體暨產品事業群

總經理｜游玉雪　　副總經理｜林彥傑　　總編輯｜林欣靜

行銷總監｜林育菁　　資深主編｜蔡忠琦　　版權主任｜何晨瑋、黃微真

出版者｜親子天下股份有限公司　地址｜台北市 104 建國北路一段 96 號 4 樓

電話｜(02) 2509-2800　傳真｜(02) 2509-2462　網址｜www.parenting.com.tw

讀者服務專線｜(02) 2662-0332　週一~週五 09:00 ~ 17:30

傳真｜(02) 2662-6048　客服信箱｜parenting@cw.com.tw

法律顧問｜台英國際商務法律事務所．羅明通律師

製版印刷｜中原造像股份有限公司

總經銷｜大和圖書有限公司　電話｜(02) 8990-2588

出版日期｜2020 年 11 月第一版第一次印行

2023 年 8 月第一版第二次印行

定價｜300 元　書號｜BKKP0262P　ISBN｜978-957-503-693-5（精裝）

訂購服務 ——

親子天下 Shopping｜shopping.parenting.com.tw

海外．大量訂購｜parenting@cw.com.tw

書香花園｜台北市建國北路二段 6 巷 11 號　電話｜(02) 2506-1635

劃撥帳號｜50331356　親子天下股份有限公司

國家圖書館出版品預行編目 (CIP) 資料

57 號小豹 / 郭瀞婷文 ; 傅馨逸圖 . -- 臺北市 : 親子天下 , 2020.11

面 ;　公分

注音版

ISBN 978-957-503-693-5(精裝)

863.599　　109016012

文·郭瀞婷　圖·傅馨逸

57號小豹

今天是 57 號小豹第一次和民眾見面，
大部分的獵豹喜歡展現勇猛的動作，
但是 57 號小豹不一樣。

獵豹們發現57號小豹越來越不像獵豹。
大獵豹警告牠：「人類對每一種動物
有特定的想像。他們喜歡獵豹看起來很勇猛，
如果你看起來不勇猛，
就會被做成衣服、皮包或圍巾。」

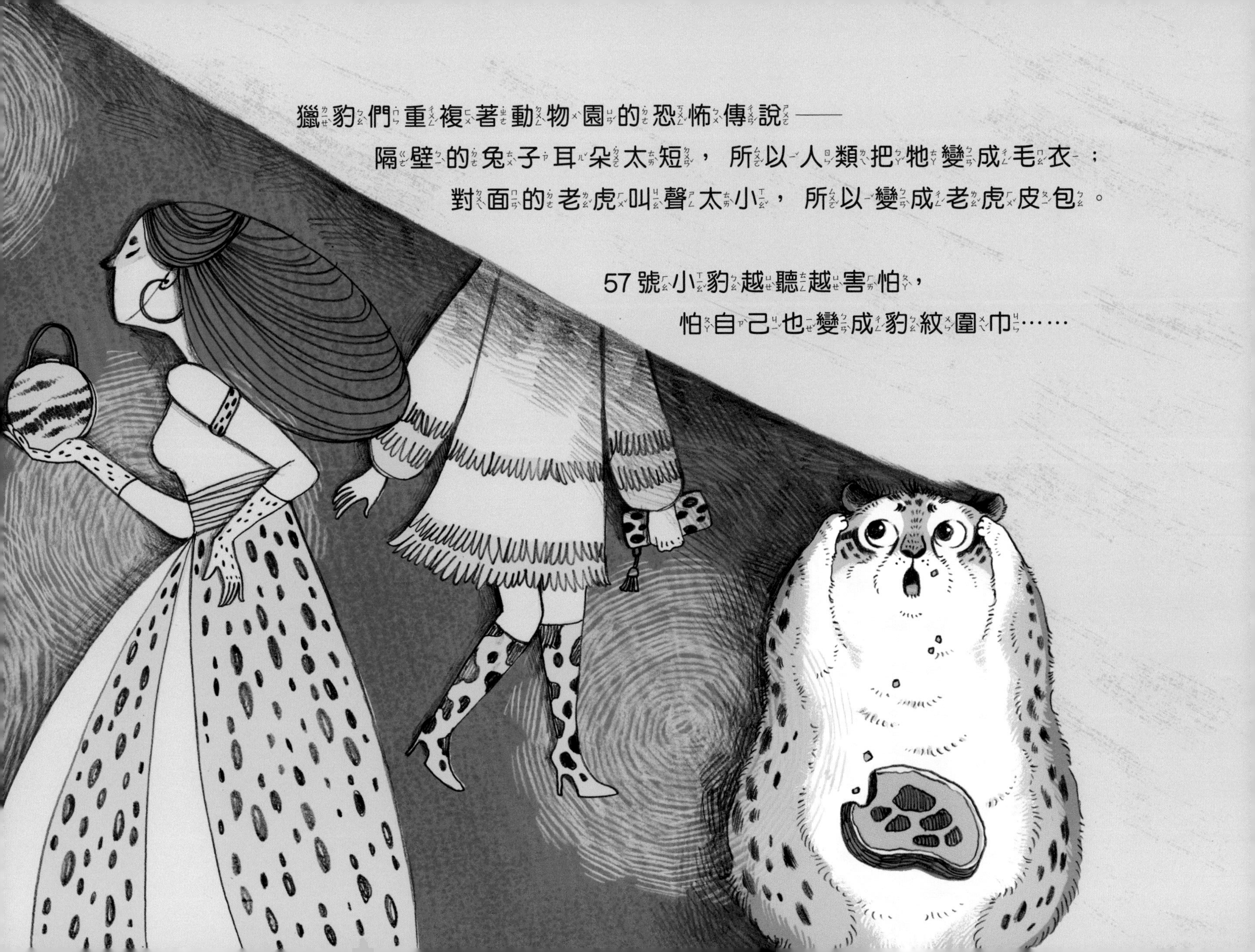

獵豹們重複著動物園的恐怖傳說——

隔壁的兔子耳朵太短，所以人類把牠變成毛衣；

對面的老虎叫聲太小，所以變成老虎皮包。

57號小豹越聽越害怕，

怕自己也變成豹紋圍巾……

於是，57號小豹開始改變。

牠試著讓叫聲更凶猛。

學習讓腳步更輕盈，

學習讓肌肉更結實。

「練這麼久還不像獵豹，
你乾脆躲起來吧！」
大獵豹吼叫。

57 號小豹覺得這是一個好主意。
如果能挖個洞躲起來，
就不會被人類發現了。
牠趁著晚上大家睡覺時開始挖地洞。

一天又一天，

57號小豹不停的挖啊挖。

牠想：「這樣應該夠了吧？」

57 號小豹一個轉身，頭竟然伸出了地面，
牠看到兩個人類，害怕得不敢動。
「姐姐，是一隻大花貓耶！」
喜歡動物的小男孩盯著 57 號小豹。

「牠好可愛唷！」姐姐說：「我們把牠帶回家！」

兩人努力說服爸爸和媽媽讓他們養貓。

57 號小豹則一動也不動，牠怕被發現

自己是一隻不像獵豹的豹。

姐姐每天都和

57號小豹說故事。

他們每晚幫 57 號小豹洗澡。

57 號小豹喜歡和姐弟一家人生活。

只是，牠覺得貓食好難吃。

57號小豹只好趁大家白天不在家，
溜回動物園大口吃肉。

就這樣，白天，牠是一隻獵豹，晚上，牠假裝自己是一隻大花貓。

57號小豹很享受目前的生活，
直到牠聽到姐弟倆要報名
動物園的營隊……

牠心想：「如果被發現
我不是貓咪而是獵豹，
就會被抓回去，然後全世界都會
知道我是一隻不像獵豹的豹。」

MEAT
NO.57

57號小豹忍了好幾天沒回動物園，就怕被姐弟發現，
但是肚子實在餓得受不了，牠還是冒險回去了。
牠一直躲在角落，心裡想：「拜託不要發現我不像
其他獵豹，我不想變成圍巾！」

營隊自由活動時，姐弟倆經過獵豹區，
看到一隻有數字 57 斑紋的豹，
他們一起大喊：
「是我們家的大花貓！」

「牠怎麼不像其他獵豹呢？」

「哇！好可愛，想拿來當抱枕。」

「牠圓圓的，是一隻愛吃的豹。」

大家不停的拍照，57號小豹害怕的不停發抖。

「我們養了一隻小獵豹耶！」弟弟說。

「噓，不要讓爸爸、媽媽知道。」姐姐說。

B1 動物星球

20ＸＸ年 1 月 10 日

動物園裡的大驚奇！

牠現在會出現在衣服、皮包和地毯上，就連牆上也會有他的蹤影！

日前在動物園裡，出現一隻長得不像獵豹的豹。這隻綽號為 57 號的獵豹，身上有著數字 57 的花樣。專門看顧獵豹的保育員說，這隻 57 號從小就跟別的獵豹不一樣。首先，牠的體重比其他獵豹多了三倍，所以吃得特別多。除了吃東西以外，牠的個性溫順，不會大叫。照理說獵豹是獨居動物，容易打架，就連這些從小就住在一起的獵豹偶爾也會惱怒對方，但 57 號卻從來都沒有……

失蹤協尋

資料：小名阿貴、男、脖子上有蝴蝶啾啾

請大家留意！這隻全身白色，耳朵黑色的貓咪在屏東潮州鎮

說他平日有習慣在屋頂晒太陽，對核桃以及不好

，請不要餵他太乾或不好吃的貓

請叫我第一名

一年一度的美貓大賽，昨天在台北完美落幕。這次的比賽十分激烈，一共

美麗的貓參選 而從中脫穎而出的冠軍貓咪 就是這隻藝名為「0之0」的金

主人黃先生說，他認為這隻家貓長得很像明星林志玲，所以才會有這個

金寵愛

愛寵物，就給他最好的食物！來來來，現在金寵愛

惠活動，只要總價超過 200，在結帳時秀出家中

立即獲得 50 元的折扣！寵物不限制任何種類

兔子、小鳥、蒼蠅、蚊子，連蟑螂也算在內喔

57號小豹果然變成了衣服、皮包和地毯，
牠成了動物園禮品店的明星，
大家都很喜歡57號小豹。
牠繼續白天當獵豹，晚上當大花貓。